KB273809

人生이라는 여행

人生이라는 여행

2026년 3월 11일   초판 1쇄 인쇄 발행

지은이   박종권
펴낸이   박종래
펴낸곳   도서출판 명성서림

등록번호   301-2014-013
주소   04625 서울시 중구 필동로 6 (2, 3층)
대표전화   02)2277-2800
팩스   02)2277-8945
이메일   msprint8944@naver.com

값 15,000원
ISBN 979-11-7439-099-8

人生이라는 여행

도서출판 명성서림

내 어린 시절 초등학교 때, 소풍가던 일이 생각난다.

소풍가는 날의 전날 밤은 소풍이라는 설렘 때문에 밤잠을 설치기도 했다. 소풍날의 도시락은 특별히 찰밥을 해서 싸주었는데 단무지(다꾸앙) 반찬에다가 삶은 계란 하나를 얹어 주었다. 그 도시락 하나를 책보자기에 싸서 허리에 둘러매고 소풍을 갔다.

소풍은 학교에서 시오리 쯤 떨어져 있는 산사山寺로 갔다.

거기까지 가는 데는 걸어서 한 시간 여 걸렸다. 가는 길이 굴곡진 산길로서 힘겨웠지만 처음 가보는 산과 들, 그리고 마을들에 대한 호기심 때문에 피곤한 줄도 모르고 즐겁기만 했다.

목적지에 도달해서 허기진 참에 동무들과 삼삼오오 둘러앉아 도시락을 까먹는 재미라는 것은 지금도 잊을 수가 없다.

나는 여행을 좋아한다. 하지만 사회생활을 하는 동안은 자유롭게 여행을 할 수가 없었다. 사회 조직 속의 한 사람으로서 현직에 매여 있다가 보니까 별도로 나를 위한 시간을 낸다는 것은 쉬운 일이 아니었다. 그래서 내가 좋아하는 여행을 할 기회를 좀처럼 가질 수가 없었다.

나는 현직에 있을 때, 내 직장이 천직이라고 생각하고 맡겨진 일에만 전념을 다 했다. 한 마디로 말해서 좌우를 돌아 볼 겨를이 없이 맡겨진 일에만 빠져 있었다고 해도 과언이 아니다.

국가 산업화의 시대를 살아 온 우리 연배의 세대는 나뿐만이 아니고 거의 대부분이 그랬다고 봐야 한다.

"轉禍爲福"이라는 말이 있다."
"禍"라고 생각할 수도 있지만 "福"이 될 수도 있다는 말이다
나는 본의 아니게도 현역에서 일찍 물러나게 되었다.
하지만 지금에 와서 생각해 보니 그로 인하여 퇴직 후 보다 많은 "나의 시간"을 가질 수 있게 되었다는 것이다. 그동안 직장의 일에만 얽매어서 하지 못했던 여행도 할 수 있었기 때문이다.

"인생이라는 게 뭘까?"
"어디서 왔다가, 어디로 가는가?"
어느 유행가의 가사 같은 말이기도 하다.
내가 팔순을 넘어 살아오면서 깨달은 것은 "인생이라는 것은 하나의 여행이다"는 것이다.

인생이란 어디서 와서 어디로 가는가?, 그 누구도 알 수 없지만 우리는 잠시잠깐 여행 온 사람들이라는 것은 분명하다.

이 세상에 영원히 남아 있을 사람은 단 한 사람도 없다.

언젠가 인생이라는 여행도 끝나게 되면, 누구나 떠나야 한다.

나는 인생여행을 하는 동안에 보고 체험하고 느낀 감정 들을 글로 남기고 싶었다. 그 글을 모아서 감히 한권의 책으로 내놓았다.

"人生, 살아가는 것"에 이어서 이번이 두 번째의 시집이다.

그것도 주제넘게도 "詩"라는 문학의 장르를 빌려서 썼다.

전문가가 봤을 때, 그게 맞는 말인지, 아니면 틀린 것인지?

어떻게 평가하든지, 그건 내가 상관할 일이 아니다.

내 글을 읽는 사람이 나와 공감할 수 있다고 하면 나는 그 것으로 만족할 뿐이다.

2026. 03. 11.

長林 박종권

독도이사부길 1→69
Dokdoisabu-gil

차 례

책머리에   04

제1장 인생이라는 여행

01	인생이라는 여행 1	14
02	人生이라는 旅行 2	16
03	가을엔 기차를 타고 여행을 떠나고 싶다	17
04	인생 열차	20
05	人生 여행, 쉬엄쉬엄 가자	22
06	기차여행	24
07	제주도 패키지여행	26
08	가파도加波島	28
09	진주성晉州城	30
10	기벌포伎伐浦해전의 전적지	32
11	코로나 속에서 벗어나	34
12	통영統營 미륵산 전망대에 올라가서	36
13	저 푸른 바다에 살자	37
14	베트남의 중심도시 다낭 항에서,	38
15	아오자이	40

제2장 "삶" 살아가는 것

01	바위 틈새에 피어난 꽃	42
02	최선을 다 하는 삶	44
03	칠전팔기七顚八起	45
04	설악산 지게꾼	46
05	바위에 계란을 던지자	48
06	보일러 A/S	49
07	도시의 손수레꾼	50
08	작은 관심 하나가 생명을 건진다	52
09	지하철 교통약자석의 有感	53
10	누구를 부자富者라고 하나	54
11	누구나 빈손으로 가더라	56
12	종로 3가 지하철역	58
13	아프지 않고 살다 간다면,	60
14	눈물이라는 약藥	62
15	길모퉁이 잡초 속에 핀 풀꽃	64
16	아파트 이웃사촌	66
17	늙어서 꼭 있어야 할 게 뭔가	68

제3장　幸福, 사랑하는 가족 그리고 친구

01	행복은 어디에서 오나?	72
02	여행 떠나 온 사람처럼 살다 가련다	73
03	당신은 내 반쪽이야	76
04	우린 떼어 놓을 수 없는 인연인가	78
05	노화현상을 어찌하랴	80
06	손주 놈, 애기가 아니네	82
07	친구여, 우리 여행 함께 가자	84
08	그런 친구가 있다고 하면	86
09	人之常情	87
10	우리는 변함없는 친구야	88
11	恩惠라고 하는 게 뭔가	90
12	우리는 平生친구들	92
13	내가 여기 살고 있는 이유	94

제4장 세월歲月, 무상함이여,

01	지나간 것 들은 꿈이어라	98
02	봄이 오는 소리	99
03	누가 청춘을 돌려달라고 하는가	100
04	이 도시에도 봄은 오는가	102
05	그대, 다시 오지 않는가	104
06	일몰日沒	106
07	호만 천 벚꽃 길	108
08	낙엽이 지고 있는데	112
09	가을이 오고 있었네	114
10	팔순의 나이에	116
11	할 수 있을 때 지금 하라	118
12	내일來日이란	120

제5장 愛國, 내 조국 대한민국

01	아! 내 조국, 코리아여!	124
02	국가안보 어떻게 해야 하나?	127
03	"祝" 인공위성 "새누리호" 발사 성공	128
04	서해의 최북단 백령도에서	130
05	천안함 46용사 위령탑 앞에서 1	132
06	천안함 46용사 위령탑 앞에서 2	134
07	호국 영령님을 기리자(현충일에 부쳐)	136
08	새해는 우리 함께 손잡고 나가자	142
09	부강富强한국을 물려주자	145

제1장

—

인생이라는 여행

인생이라는 여행 1

우리는 이 땅에
잠시 잠깐
여행 온 사람들.

어느 별에서 와서
어느 별로 가고 있는 걸까?

그대도 모르고
나도 모르고
그 누구도 모른다.

세월이라고 하는
버스를 타고
배를 타고
비행기를 타고
산으로 간다.
바다로 간다.
가슴 두근두근 여행을 가고 있다.

어디로 가고 있을까.
그대의 뜻대로도 아니고
내 뜻대로도 아니다.

운전대를 잡은 자
그가 누구일까?
그에 맡기고 가는대로 가는 거다.

하나님이여,
나의 하나님이여!
뜻대로 나를 인도하소서.

人生이라는 旅行 2

힘들지 않고 가는 旅行이
어디에 있으랴.
힘들지 않고 살아가는 人生은
또 어디에 있으랴.

旅行을 한다는 것은
편하고 쉬운 것만이 아니다.
산도 넘고 물도 건너고 험한 길도 가야한다.

그런 힘든 여행길을 가야만
거기에 아름다운 경치가 있고
맛있는 음식이 있고
친구를 만날 수 있기 때문이다.

어디서 와서 어디로 가는가.
그 누구도 알 수 없지만
때가 되면 이 지구를 떠나야 한다는 것은
정해진 사실이다.

우리 떠날 때가 되면 떠난다고 하드라도
떠날 때는 "아!,— 즐거운 여행이었다."
한 마디의 말을 남기고
후회 없이 떠나자.

가을엔 기차를 타고 여행을 떠나고 싶다

높고도 푸른 하늘
유유히 흘러가는 하얀 구름송이
산과 들은 오색 빛 고운 물결

아,— 가을이구나.
무엇인가 잃어버린 듯
허전한 마음은
무엇 때문일까.

산과 들을
가로 질러서 멀리 뻗어나 간
두 줄기의 외로운 철길

그 레일을 타고
기차가 간다.
어디로 가는 걸까?

저 기차에 몸을 싣고
어디론가 나도 떠나고 싶구나.

어디로 가야 하나?
가야 할 목적지가
내게 무슨 필요가 있으랴.
무작정 기차에 몸을 맡기고 떠나보자.

철길을 따라서 기차가 가는 대로
가는데 까지 가보자.
영화에서 보는 화면처럼
차창 밖으로 내다 비치는
황금 빛 들과
울긋불긋 고운 산들,
이 가을이 얼마나 아름다운가.

가고 또 가다가
기차가 어느 한적한 간이역에라도
정차하게 되면
나는 거기서 내리련다.

거기, 누가 날 기다리는 사람이 있으랴.
나 혼자여도 좋다.

코스모스 한들한들
가을바람이 불어오는 빈 벤치에
나 혼자 앉아서
커피 한잔 따라놓고
이 가을을 마시고 싶다.

하얀 백지장 하나 꺼내놓고
이 가을을 그리고 싶다.
누구엔가 이 가을을 전하고 싶다.

이 가을에
마땅히 만나보고 싶은 사람도 없거니와
날 찾아 올 사람도 없는 것 같은데
왜 이리도 마음은 허전할까.

이 가을에는
무작정 기차를 타고 떠나고 싶다

인생 열차

내가 타고 가는
인생이라는 열차,
어디서 와서 어디로 가는 가.

쉬지도 않고
앞만 보고 달려서
여기 까지 왔는데,

문득 앞을 내다보니
까마득하게도 멀리만 보이던 종착역이
바로 앞에 와 있는 것 같구나.

지나 온 여정이 하루만 같고
지내 온 일들이 간밤의 꿈만 같은데
인생이란 여행도 여기서 끝 이런가.

열차가 종착역에 닿게 되면
세상여행이 좋았든 간에,
힘들었든 간에
누구나 다 열차에서 내려야만 한다.

가지고 갈 것은 하나도 없다.
누구나 다 빈 몸이다.

버릴 것은 버리고
남겨 둘 것은 남겨 두고
미리미리 내릴 채비를 하자.

人生 여행, 쉬엄쉬엄 가자

인생이라는 여행
가도 가도 알 수 없는 길이더라.
고개를 넘고 넘어서 가는
굴곡屈曲진 길이더라.

가는 길이 험하고 힘들다고 해도
그 길을 가야만 하는 길이다.
피할 수 없는 길이다.

그대여, 세상 살아가는 게
뭐가 그리도 바쁜가.

어차피 가야할 길일 진데
빠르게도 말고
느리게도 말고
쉬엄쉬엄 가자.

우리 함께 가자.
손잡고 가자.

도쿄 여행 2019.3.16~3.19

기차여행

이 열차는
용산역 7시 28분 발,
장항선 무궁화호.

여행이란
내 어린 시절에 그랬던 것처럼
팔순의 늙은이가 되어버린
지금의 이 나이에도
마음을 설레게 한다.

용산역 4번 플랫폼에는
기다랗게도 길게 들어 누워서
탑승을 기다리고 있는 무궁화호 열차,

나는 들 뜬 마음을 가누면서
그 열차에 몸을 맡긴다.

열차는 정해진 시간이 되자
한 치의 에누리도 없이
스르르 플랫폼을 미끄러져 떠나가고

천년을 변함없이도
흘러가고 있는 우리의 한강,

그 한강철교를 통과하고
콘크리트 숲으로 밀집되어 있는
서울의 都市도 점차 멀어져 간다.

열차 안의 사람들은
말이 없고
나도 말이 없이
차창에 스쳐가는 풍경에만
시선을 묶어 둔다.

차창 밖으로
내다보이는 5월의 푸른 山과
푸른 들이
내 눈을 즐겁게 한다.

그래서
기차여행은 즐겁기만 하다.

제주도 패키지여행

여기는 남쪽에서도 바다 멀리 제주도,
도시의 거리거리마다는
줄지어 서 있는 가로수,
야자수들이며,
오고가는 관광버스들이며,
일 년하고도
또 일 년이라는 기나 긴 세월,

코로나에 갇혀서
해외여행 한 번도 못 가고
오랜만에 제주에 와 보니,

얼핏 느껴지는 감정 하나만큼은
해외여행이라도 온 듯
이국異國의 정취情趣가 물씬 풍긴다.

제주의 명물 말馬도 타보고
우리의 민속 아리랑 쇼도 보고
북경 쇼에 버금가는
우리의 태권도 기예技藝도 보고

해외여행이란 게
별거더냐.
여기도 이국異國 땅
우리의 탐라국耽羅國이 아니었던가?

가파도加波島

제주도에서도 남쪽으로
바다 멀리 외로운 섬 하나,
가파도.

수 억겁이라는 기나 긴 세월,
거센 비바람이
성난 파도가
너를 끊임없이 괴롭혀 왔건만

너는
그 인고忍苦의 긴긴 세월을
잘도 참아왔구나.

너는
그 시련과 시련 속에서
연마되고 연마된 아름다운 보석이구나.

가파도 너는
파도가 천년을, 만년을 다듬고 다듬어 낸
빼어난 조각품이어라.

가 파 도
가 파 도
Jeju
친환경 명품 섬

진주성晉州城

여기는 임진왜란 당시,
3만 여명에 달하는 왜군을
3800여명의 민.관.병들이 하나로 뭉쳐서
맨 몸으로 맞서 싸워 무찌른
유서由緖도 깊은 진주대첩의 성지聖地
진주성.

촉석루矗石樓 망루望樓에 올라서서
잠시 눈을 감으니,
그날의 처절한 전황戰況이
나의 뇌리에서 되살아나는 듯

성벽을 물밀듯이 기어오르는
왜군倭軍들이며,
그를 막아내기 위해서
필사적으로 맞서는 우리의 병사들이며,
항전抗戰을 독려督勵하는
김시민 장군의 호령소리.호령소리.

그날의 처절했던 함성이
지금도 내 귓전에 들려오는 것만 같은데.

그 날의 전흔戰痕은
그 어디에도 찾아 볼 수 없고
남강南江의 푸른 물만은
가냘픈 여자의 몸으로
왜장倭將의 거센 몸뚱어리를 끼고
강물에 뛰어들어 순절殉節했다는
의암義岩바위를 돌아서
진주성을 끼고
굽이굽이 흘러가고 있구나.

아!— 여기가
그 옛날, 우리의 삼국시대
백제군이 나당 연합군과 맞서 혈투를 벌였던
유서도 깊은 기벌포伎伐浦해전의 전적지가 아닌가.

당시의 우리 한반도는
고구려, 백제, 신라라고 하는 3개의 나라가
분할, 점령하여
서로 각축전을 벌이고 살던 三國時代.

그 중에서도 백제는
그 어느 나라보다
여기 韓半島의 중심부,
곡창지대를 차지하고
풍요 속에서 찬란한 문화를 꽃을 피웠던 나라.

백제는 여기 海戰에서 패배하고
31왕 678년에
그 門을 닫게 되었다고 한다.

아! —
지나간 역사의 영욕榮辱을
말해서 무엇 하랴.

지금의 저 바다는
그 날의 戰況을 알고 있는지,
모르고 있는지.

서해 바다로 잇는
백사장 모래벌판 한쪽엔
고기잡이 어선 두어 척만이 닻을 내리고 있고

갈매기가 날고 드는
저 바다는
쓸쓸하기 한량없구나.

- 註 기벌포(伎伐浦)는 현재 충남 서천군의 장항읍 所在地이고 서해 바다에서 금강을 통
  하여 한반도의 중심부로 들어가는 요충지이기도 하다. 1400여 년 전, 옛 삼국시대 신
  라, 당나라, 일본이 백제를 상대로 韓半島의 패권을 장악하기 위해서 이곳을 차지하려
  고 4차례에 걸쳐서 치열한 海戰을 벌였다. 백제는 676년 이곳 해전에서 나당연합군에
  게 패전하고 31왕 678년에 門을 닫고 역사의 뒤안길로 사라지게 된다.

코로나 속에서 벗어나

앞을 가로막고 있는 코로나.
이제나 걷히려나,
저제나 물러가려나,

인내와 인내 속에서
하루고 이틀이고 일 년 삼백 육십오일
숨 막히게 살아왔건만
그 놈의 코로나
더 기승을 부리고 있는가.

잠시라도
그 속에서 벗어나고 싶어
바닷가에 왔는데

잔잔한 바다위에는 갈매기 날고 들고
통통배는 유유히 어디론가 떠나가고

바다도 푸르고
산도 푸르고
하늘도 푸르고
내 마음도 푸르러져

바다 위를 유유히 떠다니는
저 통통선 배처럼
바다 위를 자유롭게 날라 다니는
저 갈매기처럼

그 시름 다 잊어버리고
아,— 여기서 살고 싶구나.
저 푸른 바다에.

조선 중기시대 지은 목조건물. 충무공 이순신장군의 전공을 기념하기 위해서
1603년에 건축, 수군 통제사영의 건물로 사용되었다. (2021. 7. 15. 거제도에서)

통영統營 미륵산 전망대에 올라가서

케이블카를 타고
통영에서도 미륵산(▲410m) 꼭대기
전망대에 올라서니,

바다 멀리 아스라하게 펼쳐진
수많은 섬島과 섬들

그 섬과 섬들을 넘고 넘어서
수평선 멀리 멀리
바다 맨 끝에 보이는
섬 하나,

거기가 바로
잃어버린 우리의 옛 땅
대마도對馬島라고 하네.

지금은 남의 땅이 되어버린
저기 저 땅을
언제나 찾아오려나,
우리의 것으로.
아,— 원통하구나.

저 푸른 바다에 살자

2022. 11. 10. 강릉 송정 바닷가에서

거친 세상
죽자 살자
아웅다웅 살아가는 사람들이여!
여기 바닷가로 나와 보라.

저기 저 넓은 바다,
저 푸른 바다에
내 것은 어디에 있고
또 네 것은 어디에 있으랴.

가슴을 열자.
가슴 속에 쌓인 세상의 욕심들일랑은
다 던져버리고
저 푸른 바다에 살자.

베트남의 중심도시 다낭 항에서,

인도차아나 반도에서도
동쪽으로 바다와 연하여
북에서 남으로 길게 뻗어 내린 나라.
베트남.

그 길이만 해도 1,670여 킬로미터라고 하니
서울에서 부산까지 가는 거리의
4배에 달한다.

베트남에서도 국토의 한 중간쯤에 위치한
여기는 항구도시, 다낭 항,

늦은 저녁이 되어서야 호텔에 도착,
피곤한 여장을 풀고 잠을 자는 둥 마는 둥
날이 밝아 눈만 부치고 일어나 창문을 내다보니
호텔 바로 앞에 멀리도 펼쳐진 물길,
바다인지, 아니면 강인지
비단결 같이 멀리 펼쳐진 물빛이 곱다.

그물을 던지는 어부 들이며
어디론가 간간이 오고 가는 통통선 들이며
바다는 평화롭고 한가롭기만 하다.

지나간 베트남 전쟁 때만해도
항구에는 무적의 미 함대가 진을 치고
길거리에는 무장트럭들이 오고갔으련만
지금은 그런 흔적이라고는 어디에도 찾아 볼 수 없고

거리, 거리마다
관광버스 들을 비롯한 자동차의 물결, 물결
그 사이 사이로 곡예사처럼 요리조리 피해가는 오토바이 들,
조마조마하게도 간장을 서늘하게 한다.

여기가 통제된 사회, 공산주의 국가인지,
아니면 자유방임주의 국가인지
혼란스럽게 한다.

아오자이

저기 저 하늘을 오르는
두 여인을 보라.
아름답구나.
꽃이구나.

천사가 어디에 있으랴.
저게 천사가 아니고
또 무엇이랴

나비와도 같이
새와도 같이
날개 짓을 하는 듯
하늘을 오르는
아오자이여.

아름답구나!
예쁘구나!

• **註** 아오자이 : 베트남 전통 민속 옷

제2장

"삶" 살아가는 것

삶

삶이 그대를 속일지라도

슬퍼하거나 노여워하지 말라.

슬픔의 날을 지나고 나면

기쁨의 날이 오려니,

— 푸시킨 (1799.6.6~1837.2.10)

바위 틈새에 피어난 꽃

산등성이 저 높은 곳에
우뚝 서 있는 거대한 바위,

저 커다란 바윗덩어리를
그 누가 움직일 수가 있으랴.

그 큰 바위 틈새를 뚫고 나와서
새빨갛게도 피어난 꽃,
진달래꽃.

그 한 떨기 예쁜 꽃을
세상에 피어내기 위해서
길고도 긴 엄동설한을 이기고
그 바위틈새를 뚫고 나왔노라.

약한 것이라고 해서 깔보지 마라
약한 것에 큰 힘이 숨어 있다.

최선을 다 하는 삶

세상의 일이란 것은
아무리 노력을 해 봐도
잘 안 돼 가는 일도 있고
그리 힘들이지 않아도
술술 잘 풀리는 일도 있다.

일이 잘 돼 간다고 해서
자만하지도 말고
일이 잘 안 돼 간다고 해서
낙심하지도 마라.

"하늘은 스스로 돕는 자를 돕는다."
내게 있는 힘을 다 하고
하늘의 뜻을 기다리자.

최선을 다 했다고 하면,
그 결과야 어떠하든 지
그것이 하늘의 뜻이거늘
그 결과에 따르라.

칠전팔기 七顚八起

세상의 일이란 것은
뜻대로만 돼가지 않더라.
노력한대로만 돼가지도 않더라.

그래도 최선을 다 해라.
있는 힘을 다 해라.

실력의 차이라고 하는 것은
백지장 하나의 차이일지라도
그 결과에 따라오는 것은
하늘과 땅 차이이더라.

그렇다고 해서 좌절하지 마라
포기하려고도 하지 마라

기회는 또 올 수 있다.
네게 맡겨진 일에,
네게 주어진 일에
최선을 다 하다가 보면
뜻을 이루는 날도 온다.

"七顚八起"
일곱 번을 넘어져도
여덟 번째에 일어나면 된다.

설악산 지게꾼

설악산 산등성이
그 높은 곳 휴게소 까지
생필품 등을 지게로 날라다 주는 직업,
지게꾼 임기종씨.

16세 어린 나이 때
그 일을 시작하여
40여년을 한결같이
비가 오나 눈이 오나
그 일을 천직天職으로 해 왔다.

키 160에 몸무게는 60,
작은 체구에도 불구하고
40kg 이상의 무거운 짐을 지게에 걸머지고
하루에도 적게는 4회로부터 많게는 12회에 까지
그 가파른 산길을 오르락내리락
그 일을 한다.

정신연령 7세정도의 아내와
정신지체장애 아들까지 두고
거기서 벌어들인 적은 수입으로
가족들의 생계를 돌보고 사는 것을
더 없는 행복으로 생각한다.

그 것 뿐인가.
적은 수입을 아껴 쓰면서
같은 처지의 어려운 사람들까지도
돕고 있는 천사라고 하네.

세상에 육신이 멀쩡하면서도
자기 처지만을 탓하면서
비관하고 사는 사람들이여.

여기 설악산 지게꾼에게 와서 배워라.
행복이란 것도
불행이란 것도
그대들 생각에 달려 있어요.

• 註 수 년 전부터 설악산 공원정비 사업으로 인하여 휴게소의 상가와 식당 등이 철거되
  면서 지금은 그의 일거리도 줄어들어 수입도 줄어들고 있다고 함 [출처:2020년 06.06.
  연합뉴스]

바위에 계란을 던지자

바위에 계란을 던지지는 者,
그가 누구인가?

그런 사람, 미친놈이라고 비웃지 마라.
그런 사람, 실없는 자라고 우습게 여기지도 마라.

"낙숫물이 떨어져서
댓돌臺을 뚫는다."는 사실,
그대, 그걸 모르는가?

바위에 계란을 던지는 자,
그가 누구인가?

그가 바로
세상을 바꾸는 자다.

보일러 A/S

이 엄동설한에
보일러가 멈춰버렸다.

그 것도 갑자기다.
그것도 금요일 오후다.
에이에스는 월요일에나 가능하다고 하니
별 수 없이 3일 밤은 떨고 지내야 한다.

월요일에 보일러기사가 와서 보더니,
개스발브 고장이란다.

쌩쌩 잘도 돌아가던 보일러가
왜 갑자기 고장이냐고 물으니,
10년이나 되어서
노후화라고 한다.

갑자기 친구가 죽었다고 부고가 왔다.
갑자기 웬 일이냐고 물으니,
80이 넘어서 노환이라고 한다.

보일러는 멈춰도
고쳐 쓰면 잘도 돌아가는데
우리 인간은 한번 멈춰버리면
그 것으로 끝인가.

도시의 손수레꾼

삼복 더위가 한창인
어느 여름날의 늦은 오후

하늘 높이 솟아오른 빌딩의 숲
도시의 한 복판,

뜨겁게도 달궈진 아스팔트 길 위를
차량들이 줄지어서 끊임없이 오고가고 있는데

그 사이사이로
짐 더미 같은 짐을 실은 손수레 하나가
느릿느릿 움직이고 있다.

빈 몸으로 가기도 힘든 이 무더위에
저 짐 덩어리 수레를 끌고 가는 사람은 누구일까?

사람은 보이지 않고
커다란 짐 덩어리만 움직이고 있다.
하나의 산山이 굴러가고 있구나..

고급 승용차들이 빵빵거리며
그 수레 옆을 수없이도 지나쳐 가고 있건만
그 손수레꾼, 아랑곳하지도 않고
제 갈 길만 느릿느릿 가고 있다.

작은 관심 하나가 생명을 건진다 2022. 08. 11.

115년 만에 처음이란다.
우리의 수도首都 서울이 물 폭탄을 맞아
아수라장이 되었던 날,

한 여인이 양화대교 난간을 붙들고
거센 물결 속에 몸을 던지려고 한다.

그녀에게
무슨 말 못할 사연이 있길래,
무슨 가슴 아픈 상처가 있길래
하나 밖에 없는 목숨을 던지려고 할까.

마포와 영등포를 잇는 양화대교 위에는
하루 종일 하염없이 비는 내리고
빗속을 줄지어서 달리는
승용차들도 대중여객 버스들도
그녀를 무심코 지나쳐 가 버린다.
모두가 다 남의 일

그 여인이 뛰어내리려는 찰나,
어떤 대중여객 버스 하나가 급정거를 하고
운전기사가 내려서
그녀를 급히 붙잡아 올린다.

지하철 교통약자석의 有感

노약자석이 아니란다.
경로석도 아니란다.
약자라고 하면
그 누구라도 앉아 갈 수 있다고 한다.

어떤 노인네가
그 좌석 앞에서 힘겨워 서 있는데,
어떤 젊은이 둘이
그 자리를 차지하고 있다.

한 사람은
눈을 지그시 감고 있고
또 한 사람은
눈을 멀뚱멀뚱 뜨고 있다.

눈 감고 앉아 있는 자에게
욕하지 마라
그래도 그에게는
한 줌의 양심이라는 게 남아 있다.

누구를 부자富者라고 하나

그 누구를 부자富者라고 말하는가.
많은 재산과 돈을 가지고
호화찬란한 저택에서
호의호식好衣好食 살아가는
그런 사람이랴.

수 조兆원에 달하는 주식株式과 돈을 가지고
수많은 기업체를 거느리고 사는
그런 회장님들일까.

그런 사람, 부자라고 해서
남보다도 밥 한 끼 더 먹고 사는 것도 아닐 것이고.
남보다도 옷 한 벌을 더 걸치고 사는 것도 아닐 진데,

하루 세 끼 밥을 먹고 살아갈 수 있다고 하면,
옷 한 벌은 걸치고서 살아갈 수 있다고 하면
찬 이슬을 맞지 않고 잠을 잘 수 있다고 하면,
그들 부자와 다를 게 뭐가 있으랴,

사람 살아가는 것이야
그 것만으로도 부족함이 없으련만
사람들은 뭐가 그리도 욕심이 많아서
마지막 가는 그 날까지 아등바등하면서
돈만을 움켜쥐려고 하다가
세상 떠나 갈 때는 빈손으로 가는가?

누구나 빈손으로 가더라

人生, 살아가는 게 별거인가.
나와 동시대에
내 나이와 똑 같은
동갑내기 두 사람이 살고 있었네.

한 사람은 하늘보다도 더 높은 權力을 쥐고서
세상 쥐락펴락하면서 살았지만,
나보다 먼저 가더라.

또 한 사람은 하늘과 땅을 몽땅
다 사고도 남을 만한 富를 가지고
세상 떵떵거리며 살았지만,
그도 나보다도 먼저 가더라.

인생 살다가
갈 때는 모두 다 빈손으로 가는 것을,
잘 났다고 뽐낸 사람은 누구이고
또 못 났다고 기죽어 사는 사람은
또 누구인가.

잘 난 사람도 한 평생,
못 난 사람도 한 평생,
모두가 다 한 평생이다.

그런데 그 것도 모르고
평생을 살아갈 것처럼
權力과 富만 쫓아서 아등바등하며 살다가
갈 때는 빈손으로 가더라.

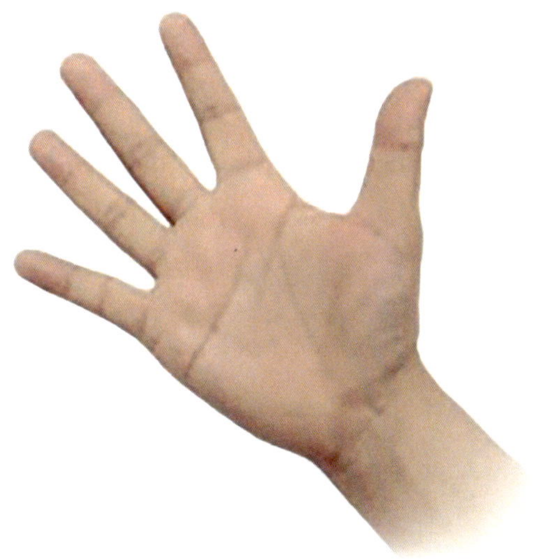

종로 3가 지하철역

수도권을 동과 서로
남과 북으로
거미줄처럼 얽히고설킨
전철 노선도,

여기는 수도 서울에서도 한 복판
지하철 3개로선이 교차 관통하는
종로 3가역,

열차에서 쏟아져 내린
도시의 사람들은
무엇이 그리도 바쁜지
옆도 뒤도 거들떠보지도 않고
물결처럼 떠밀려오고 떠밀려가고
앞만 보고 뛰고 뛴다.

철마는 고단하지도 않은지
한 시도 쉴 새 없이
짜여 진 시간표대로
정해진 궤도를 따라서
끊임없이 오고 가면서
뭇 사람들을 실어 나른다.

아,─생활전선의 플랫 폼,
종로 3가역이여!

아프지 않고 살다 간다면,

그 누가 늙어가는 것을
익어간다고 말 했나?
그 것은 거짓말이다,
늙어가는 것을 부정하고 싶어서
하는 말이려니.

인생, 살만큼 살다가
갈 때가 되면 가드라도
늙지 않고 살다가 간다고 하면
얼마나 좋으랴.

그대 늙었다고 서러워 말게 나
세월 가면 늙어지는 걸 어찌하겠나.

사람 늙어가는 것이야
어찌 할 수가 없다고 하지만
아프지나 않고 살다 갔으면,
얼마나 좋으랴.

친구여!
그대 늙었다고 서러워 말게나.
늙어져서 갈 때 가드라도
아프지나 말게.

세상 만물이
세월이 가면 늙어지는 것은 당연하고
늙으면 병들어 죽어가는 것이야
하늘의 섭리攝理일 진데
그 것을 그 누가 어찌하랴.

눈물이라는 약藥

세상 살아가면서
슬픈 사연 없는 사람 어디에 있고
아픈 상처 없는 사람 또 어디 있으랴.

그대 혼자만이 아니어요.
누구나 속을 내보이지 않아서 그럴 뿐이지
속을 깊이 들여다보면,
말 못할 슬픈 사연도
남모르는 아픈 상처도
가슴 속에 묻어두고 살아가고 있지요.

그런 걸 가지고
그대 혼자 괴로워한다고 해서
그대 혼자 아파한다고 해서
그게 어디로 가나요.

그대 아픔이 가슴 저려 올 때
그대 슬픔이 가슴 복받쳐 올 때
가슴을 열어놓고
실컷 울어보세요.

눈물이란 것은
슬픔이라는 병도
아픔이라는 상처도
모두 다 치유해주는 약藥이랍니다.

길모퉁이 잡초 속에 핀 풀꽃

차량들이 쉴 새 없이 오고가고
사람들도 끊임없이 오고 가는
도시의 번잡한 거리
가로변 길모퉁이 한 쪽,
잡초 속에 피어 있는 풀꽃

이름도 모르고 향기도 없는
그 누구도 가꾸지 않아도
제 멋대로 자라나온 꽃,

길고 긴 세월
비바람 눈보라 속에서도 꺾이지 않고
그 한 송이 꽃을 피우기 위해서
모질게도 살아왔구나.

오월의 라일락처럼 향기가 없다고
유월의 장미꽃처럼 예쁘지 않다고
무시하지 마라.

하찮은 풀꽃이라고 할지라도
한 송이 꽃을 피우고 자 하는 생명력은
거기에도 있다.

아파트 이웃사촌

"이웃사촌"
가까이 살아야 사촌이다.
자주 만나야 사촌이다.
지금도 그런가?

아파트 한 통로
내 집 바로 앞에 사는
이웃 집 사람,

하루에도 몇 번이고
집에 드나들 때마다
문 앞에서도 마주치고
엘리베이터 안에서도 만난다.

이웃이라고 하면
더 말할 것도 없이
바로 코앞에 사는
가장 가까운 사람이지만

가까이 살아도 사촌이 아니더라.
자주 만나도 이웃이 아니더라.

만나서 같이 밥을 먹고
대화를 나누고 정이 들어야만
이웃이고 사촌이라고 말할 수 있지 않겠는가?

늙어서 꼭 있어야 할 게 뭔가

만나서 대화를 나눌 수 있는
친구들일까?
아니면 한 핏줄로 태어난
형제들일까?
아니면 내 몸에서 태어난
내 자식들일까?

친구도 있어야 좋고
형제간도 함께해야 좋다.
더욱이 내 몸에서 태어난 자식들을
말해서 무엇 하랴.

하지만 그 무엇보다도
돈은 꼭 있어야 하겠더라.

늙어서 내 주머니에 돈이 없어 봐라.
친구도 떠난다.
형제간도 없다.
내 몸에서 태어나서 가르치고 키워낸
자식들까지도 모른 척 하더라.

노인네들이여!
세상이 돈 없어 박대한다고
서러워하지 마라.

돈 있을 때
내 돈 내 주머니 안에 차곡차곡 쌓아두었다가
늙어져서 힘이 없을 때
나를 위해서 쓰면서 편히 살다 가자.

제3장

幸福, 사랑하는 가족 그리고 친구

가장 행복한 사람은 더 많이 얻는 사람이 아니라
더 많이 주는 사람이다.

- H. 잭슨 부라운 주니어 (1940.3~2021.11)

행복은 어디에서 오나?

누가 자신을 스스로
불행하다고 생각하는가.

그대여,
그대가 진정 행복해 지고 싶다고 하면
사랑을 해보라.

행복이라고 하는 것은
사랑을 받을 때 오는 것이 아니고
사랑을 할 때 온다.

사랑하는 자에게
가장 귀히 여기는 것을
아낌없이 내어 줘 봐라.

행복이라고 하는 것은
사랑을 받는 자의 표정에서
그대에게로 간다.

여행 떠나 온 사람처럼 살다 가련다 2022. 10. 18.

내가 서울에서 살아 온 지,
몇 년이나 되었을까.
헤아려 보니,
올해로써 만 46년 째.

내가 젊었을 적에,
강원도 깊은 산골에서 군 생활을 할 때,
모처럼 휴가라도 가게 되면
청량리에서 시내버스를 타고
서울 도심을 거쳐 서울역으로 간다.

그럴 때 마다
버스에서 풍기는 매캐한 매연,
그 냄새 때문에
아내는 심한 멀미를 하곤 했었지.

그래서 아내는
내가 군에서 제대하는 날엔
서울에선 살고 싶지 않다고 했다.

그런데 원치 않게도
우리는 여기 서울에 터전을 잡고
지금까지 살고 있다.

여기 서울에서
아들 딸 들 모두
초중고에서 대학까지 공부시키고
직장 잡아서 시집 장가보내고
살림 차려서 내보내고 나니
아내와 나, 단 둘이 남았네.

이제야 한 숨을 돌리고 보니,
우리 나이가 팔순을 넘어버렸네.
지나 온 세월들이 꿈만 같은데
앞으로 남은 세월이 얼마 이랴.

아내와 나, 단 둘인데
모아들이고 쌓아놓은 짐들일랑
무슨 필요가 있으랴.

무거운 짐들일랑은
줄이고 또 줄여서 가볍게 하고.
단 둘이만 살기에 알맞은
소형 아파트를 찾아서 이사해 왔다.

아내와 둘이서
커피 한 잔을 들면서
베란다 창밖을 내다보니,
리조트 콘도미니엄에 여행이나 온 듯
높고 푸른 하늘엔 하얀 구름송이
창 너머로 불어오는 시원한 바람이
가슴을 적신다.

남은 세월이 얼마나 되랴.
우리 사는 날 까지
여행 와서 콘도미니엄에서 사는 것처럼
여기서 살다 가련다.

당신은 내 반쪽이야

당신과 나,
우리 사이에 맺어진 인연
우연일까?
아니면 운명일까?

당신을 처음 만난 지가
바로 엊그제와도 같은데
뒤돌아 헤아려 보니 60갑자,
우리는 한 주기를 살아왔구려.

지나간 세월
산전수전山戰水戰을 함께 해 오면서
아들 딸 낳아 키워서 시집 장가보내고
후,— 한숨을 내쉬고 보니
당신과 나,
단 둘이 남았네 그려.

아내가 내게 말한다.
"당신도 이제는 1년 365일,
내게만 매달리지만 말고
끼니도 찾아먹고 자기 할 일은 스스로 하세요."
"이제 나도 잠시라도 해방되고 싶다"고 말한다.

내가 아내에게 되받아서
"당신은 내 뼈와 살,
죽으나 사나 나와 함께 해야 할
내 반쪽이야."

• 창세기 2:18 사람이 혼자 사는 것이 좋지 아니하니, 내가 그를 위하여 돕는 배필을 지으리라 하시니라. 2:22 여호와 하나님이 아담에게서 취하신 그 갈빗대로 여자를 만드시고 그를 아담에게로 이끌어 오시니.

우린 떼어 놓을 수 없는 인연인가

아내와 사소한 다툼 때문에
요즘 대화가 끊긴지 오래다.
극히 필요한 말 외에는 대화를 안 한다.

아침 일찍이 아내는 아내대로
나는 나대로 외출을 나섰다.
서로 말이 없어 어디에 가는지도 모른다.
알 필요가 없다.

번잡한 전철역이다.
그것도 좁디좁은 엘리베이터 안이다.
사람들이 밀집되어 있는데
어떤 여자가 내 옆구리를 쿡 찌른다.

무심코 들여다보니
검은 모자에 마스크를 썼는데
어디서 많이 본 듯한 여자다.

자세히 들여다보니
한 집에서 같이 살고 있는 여자가 아닌가..
바로 내 아내다.

길을 가다가 한번 옷깃을 스치는 것만도
수 억겁의 인연이 있어야 한다고 하는데
이런 좁은 공간에서 둘이 만날 줄이야.

우연치고는 너무나도 의외의 우연이다.
아내와 나는 떼어놓을 수 없는 인연인가 보다.

노화현상을 어찌하랴

눈이 어둡다.
귀도 잘 안 들린다.
살아가는 데 불편한 게
한 두어 가지가 아니다.

아침 일찍 외출나간
아내로부터 전화가 왔다.
오후 1시까지 전철역에서 만나자고 한다.
점심식사를 같이 하기 위해서다.
아내는 밖에 나가서도 내 밥걱정이다.

약속시간이 다 되어서야
나는 약속 장소에 도착할 수 있었다.
전철에서 내리자마자 승강장 좌우를 휙 둘러보니
승강장 맨 위쪽 의자에 한 여자가 앉아 있는 게
아내임에 틀림없다.

나는 내 하얀 모자를 벗어들고서
아내가 앉아있는 쪽을 향하여
흔들어대면서 가까이 다가간다.

그런데도 앉아있는 아내는 반응이 없다.
그런 나를 멀뚱멀뚱 바라보기만 한다.

그런데 바로 옆 사각 진 곳에서
불쑥 나타나는 한 여자,
바로 내 아내다.

생판 모르는 늙은 남자가
그를 보고 반가운 짓으로 다가오는 모습을 보고
그 여자는 뭐라고 했을까?

눈도 어둡다.
귀도 잘 안 들린다.
불편한 게 한 두어 가지가 아니다.
"노화현상老化現狀"이라고 하는데 어찌하랴.

손주 놈, 애기가 아니네

내게는 토끼와 같이 귀여운 손주가 둘,
첫째는 고1이고
둘째는 초교 4학년생이다.

그들이 내게 찾아 올 때마다
나는 돼지갈비를 사 먹이고
용돈까지 쥐어서 보낸다.

그들에게 주는 용돈은
쥐도, 쥐도 아깝지 않아 더 주고 싶고
돼지갈비 사 먹이는 것도
먹는 모습만 보고 있어도 나는 배가 부르다.

손주들은 용돈을 받을 때마다
항상 내게 안겨오고
나는 그럴 때 마다
그들의 볼에 사정없이 뽀뽀를 해 준다.

그 게 내겐 가장 큰 희열이고
가슴 뿌듯한 행복감이었다.

그런데 어느 날 갑자기
둘째 손주 놈, 내게 하는 것 좀 봐라.
용돈을 주면서 뽀뽀를 하려고 하는데
할아버지가 사 준 돼지갈비까지 실컷 먹고 나서
뽀뽀는 싫다고 도망간다.

그 것을 보고 있던 우리 며느리,
둘째 놈에게 나무래 듯 하는 말,
"네가 할 게 뭔데? 그것도 못하냐?"

아니다.
할아버지인 내게는
언제나 애기로만 보인 내 손주 놈,
이젠 어린 애기가 아니구나.

친구여, 우리 여행 함께 가자

우리는 인생이라는 여행을
하고 있는 나그네 들,

우리 가는 앞날이
항상 맑은 날만 있으랴.

때로는 바람이 불고 비가 오고
눈이 오는 궂은 날도 있다.

우리 가는 앞길이
항상 평탄하기만 하랴.

때로는 높은 산이 나오고
산을 넘으면 건너야 할 깊은 강도 나온다.

우리 가는 인생길
혼자 가려고 하지 마라.
혼자서 가면 외롭고도 힘이 든다.
친구와 함께 가자.

친구가 따로 있으랴.
여행길 가다가 만난 사람,
친구 삼아 가다가 보면 정이 들고
정이 들게 되면 누구나 친구가 되는 거지

친구여!
너와 나 둘이 가자
손잡고 가자
함께 가는 길은 즐겁고 행복하다.

그런 친구가 있다고 하면

어제 만나 봤는데
오늘 또 보고 싶은 친구,

방금 만나보고 왔는데도
다시 또 보고 싶은
친구.

내가 부르면,
언제든지,
어디에 있든지,
무슨 일을 하고 있든지,
번개처럼 달려올 수 있는 친구.

가슴을 열어 놓고
대화를 나눌 수 있는 허물없는 친구,

세상 살아가면서
그런 친구가 하나만 있다고 하면
그대는 참 행복한 사람입니다.

人之常情

눈물이 없는 슬픔을
슬픔이라고 말하지 마라.

그리움이 없는 사랑을
사랑이라고 말하지 마라.

그가 슬퍼할 때
같이 울어주고
그가 곁에 없을 때
그리워하고

그게 다
우리 사람 살아가는
人之常情이거늘

우리들 사이에
그런 게 없다고 한다면
어디 친구라고 말할 수 있으랴.

우리는 변함없는 친구야

세월 가는 것을
그 누가 붙들 수 있으랴.
무심하게 흘러가는 세월 속에
江山도 변하고 世上도 변하고
우리네 몸도 늙어져 버렸는가..

하지만 마음만은 언제나 청춘
꿈도 많은 청춘이야,
변함없는 친구야.

우리 지금 이 나이에
進步라고 하면 어떠하고
保守라고 하면 또 어떠하랴.

전라도라고 하면 어떠하고
경상도라고 하면 또 어떠하랴.

우리 지금 이 나이에
죽기 아니면 살기로
그 어느 편을 들어본다고 한들
그 누가 우리에게 벼슬자리 하나라도 주겠는가.

이제 우리 살만큼 살았는데
그대도 그렇고 나도 그렇고
뭘 또 바라겠는가.

자식들 잘 돼가라고
나라 잘 돼 가라고
자식 걱정, 나라 걱정
우린 그 것 뿐이야.
우리는 언제나 변함없는 친구야.

恩惠라고 하는 게 뭔가

누가 은혜를
돈으로 계산하려고 하나.

베푼 대로 받아야 하고
받은 대로 갚아야 한다고 하면
그걸 누가 은혜라고 말할 수 있으랴.

은혜라고 하는 것은
값없이 거저 주는 것이고
값없이 거저 받는 것.

따뜻한 마음을 주는 것이고
따뜻한 가슴으로 받는 것.

그런 것을
주고받는 값으로만
계산해버린다고 하면,

그게 어디 우리들 사이에
인연이라고 할 수 있겠는가.

친구여!
은혜로운 우리의 관계를
오래오래 간직하고 싶거든
값으로 주고받지 말아요.
따뜻한 마음으로 간직해요.

우리는 平生친구들

우리들 나이
까까머리 때 만났는데
그대도 그렇고 나도 그렇고
어느 새 백발로 뒤덮여버렸네

우리가 앞으로 백세를 산다고 해도
남은 세월이 얼마이런가.

이제 우리의 만남이라는 것도
몇 번이나 더 있으랴.

우리들 지금 이 나이에
찾아주고 불러 주고
만나서 함께 해 줄 사람이
친구들 말고 또 누가 있으랴.

친구여!
그대 보고 싶어 부를 때
꾸물거리지 말아요.
핑계대지 말아요.

누가 뭐라고 해도
우리는 세상 떠날 때 까지
함께 해야 할 平生친구들이 아니겠는가..

내가 여기 살고 있는 이유

방 2개에 거실 1개
25평형 소형 아파트,
내가 지금 살고 있는 집이다.

아들 딸 시집 장가보내고 나서
살림 차려 내보내고 나니
아내와 나, 단 둘이 남았네.

우리 나이 어느 새 팔순을 넘어
살만큼 살아왔는데
앞으로 살면 얼마나 더 살 수 있으랴.

숨차게도 달려서 온 인생의 여정,
이제 하나하나 정리하면서
단출하게 살아가고파
여기로 왔네.

무악재 전철역 2번 출구에서
오르막길로 530여 미터 들어와서
산사山寺와 같이도 조용한 곳,

창을 열면
멀리 인왕산이 내다보이고
상큼한 공기가 폐부 깊이 스며들고.
가끔은 이름 모를 산새들도
베란다 창가에 앉아서 쉬어 가는 곳.
그래서 나는 여기 내 집이 좋아서 살고 있다.

우리가 여기 살아 온지도 어언 1년하고도 또 1년,
아내는 여기 들어오는 길,
오르막길이 너무도 힘에 겹다고 투덜거리며
평지 아파트로 이사 가자고 졸라댄다.
그것도 한 두 번이지,
매번 외출하고 집에 들어 올 때 마다 그런다.

나는 힘겹게 뒤 따라 오는
아내를 뒤 돌아 보면서 혼잣말처럼 하는 말,
"하나님, 집에 들락거릴 때 마다
이렇게라도 운동할 수 있게 해주어서
감사합니다."

평지에서 살고 싶지 않은 사람이 어디 있으랴.
넓은 집에서 살고 싶지 않은 사람은 또 어디 있으랴.

나도 오르막길을 오르내리기가 힘들다.
그렇지만 우리 처지에, 우리 분수에,
이만 하면 족할 일이지.
욕심을 더 부려서 뭘 하겠는가.

세월은 사람을 기다리지 않는다.
- 도연명 (365~427)

지나간 것들은 꿈이어라

인생, 살아가면서
언제나 맑은 날만 있으랴.

가다가 보면
비바람 몰아치는
캄캄한 밤도 오고.

가다가 보면
험준한 山도 있고

산을 넘고 보면,
앞을 가로 가로막는 강도 나오더라.

우리 가는 길이
언제나 평탄하기만 하랴.

山을 넘고
江을 건너서
한 걸음 한걸음
앞길을 헤쳐 가다가 보면,
모든 것들은 지나가고

지나가버린 것들은
한 날의 꿈이어라.

봄이 오는 소리

그대여,
잠시 숨결을 죽이고
가만히 귀를 기울여
저 소리를 들어보라.

목련꽃 나무에서도
개나리 덤불 속에서도
벚나무에서도
들려오는 소리.

툭— 툭— 툭—
여기서도 저기서도
사방에서 터져 나오는
꽃이 피어나는 소리.

겨우내 나무의 결 깊숙이
숨어 살던 꽃들이
봄 햇살의 간지러움에 못 이겨서
툭, 툭, 툭, ...
세상 밖으로 튀어 나오고 있구나.

여기서도
저기서도 터져 나오는 소리
아,— 봄이 오고 있구나!

누가 청춘을 돌려달라고 하는가

젊은이들이여!
그대들 지금 젊다고 자랑들 하지 말아요.
힘없는 노인네라고 함부로 대하지 말아요.

우리도 젊었을 땐
항상 청춘인 줄만 알았었는데
청춘이라고 하는 것은
항상 머물러 있지도 않더라.

세월 가는 것
유수와 같더라.
청춘도 인생도 잠시잠깐이더라

내가 늙어 보니까
가는 세월 앞에
그 누구도 장사壯士가 없다는 말,
실감實感할 수 있더라.

마음이야 지금도 청춘이건만
세월 따라 몸도 늙어가고
힘이 빠져가는 것이야
어찌할 수가 없더라.

세월이 가면 그대들도 노인네가 된다.

노인네들이여
세월 가는 것을 한탄恨歎하지 말아요.
늙어지고 힘없다고 해서
서러워들 하지 말아요.

인생이란 것이 다 그러하거늘
그 어디 가서 하소연해 본들
가버린 청춘을 돌려받을 수야 있으랴.

태어나서 늙어지고
병들어 죽어가는 것이야
거역할 수 없는 천리天理일진데
그 누가 그것을 어찌하겠는가.

이 도시에도 봄은 오는가

기나 긴 겨울
세차게 몰아치던 찬바람 속에서도,
모질게도 버텨 온 저 앙상한 나무들,

따사로운 햇살에 못 이겨
가지마다 파릇파릇 새순이 움트고

아파트 양지 바른 쪽,
펜스 울타리엔
개나리꽃이 샛노랗게 타오르고

도심의 공원에는
벚꽃이 새하얗게 만개하고

회색 빛 삭막한 하늘 아래
이 도시에도
훈훈한 봄기운으로 가득

무디어진 이 가슴에도
잔잔한 파동을 일으킨다.

오랜 세월동안
까마득하게 잊어버리고 살아 온
그 옛날의 고향산천이 그립구나.

지금은 어느 누구도
날 기다려 줄 사람이야 없겠지만
그리운 고향이여.
보고 싶은 옛 친구들이여.

그대, 다시 오지 않는가

세월아 가지 마라
가지 마라.
내 인생이 다 가는구나.

그 누가 세월더러
가지 말라고 말하는가.

붙잡는다고 해서 가는 세월이 멈추랴.
부른다고 해서 가버린 세월이 다시 오겠는가.

春夏秋冬 사시사철은
때가 되면 알아서 가고
때가 되면 다시 찾아오건만

한번 가버린 그대는
가버린 세월 속에 묻혀버렸나

불러도, 불러도 다시 오지 않는 .
그리운 그대여!

일몰日沒

바다 멀리 저 멀리
서녘하늘 끝
새 빨간 불덩어리 하나,

해가 진다.
바다 저 멀리 수평선 아래로,

하늘은
붉은 빛 고운 노을
바다는 황금빛 물결.

금빛 바다 물결을 가르고
바다 멀리 떠나가는
고기잡이 통통선 하나,

노을 진 서녘 하늘 멀리
외로이 날라 가는
이름 모를 새 한 마리

황혼 길을 가는
나그네 인생
그 종점은 어디쯤에나 있을까?

호만 천 벚꽃 길

북풍한설寒雪
겨우내 깊은 잠에 빠진 천마산天摩山이
따사로운 봄볕에 못 이겨서
기지개를 편다.

계곡, 계곡마다 쌓이고도 쌓인
눈얼음이 녹아내려서
꼬불꼬불 골짜기로 흘러내린다.

천변에 줄지어 서 있는 벚나무 들이
봄 햇살에 꿈틀거린다.
꽃망울을 터트린다.

거울보다도 더 맑은 물,
유리알 굴러가듯 흐르는 물소리

여기가 바로 남양주에서도
호평동의 호만천,
세상이 온통 하얗구나.
황홀하구나.

낙원이 어디 따로 있으랴?
여기가 바로 하늘 아래 낙원이구나.

- **註** 호만천은 남양주시립공원인 해발 812 높이의 천마산에서 발원하여 계곡을 돌고 돌아서 구리 왕숙 천과 합류하여 한강으로 흘러 들어가는 소하천이다. 남양주시에서 산책로를 조성하여 시민들의 휴식과 체력단련을 위한 공간으로 제공되고 있다

낙엽이 지고 있는데

2022. 11. 26.

하루가 열리는 이른 아침,
아파트 포도鋪道 위에
낙엽이 수북이 쌓여 있다.

그 낙엽들을 밟고
풋풋한 향기에 취해서
내가 어디론가 길을 간다.

어디로 가야 할까.
저만큼 멀지 않은 곳에서
내게 손짓하고 있는 것.
아,— 저기 겨울이구나.

여름날의 찬란했던 푸른 꿈도
불타던 가을날의 황홀함도
길바닥에 떨어져버린 낙엽이런가

낙엽이 찬바람에 흩날리고 있는데
옷깃을 여미고
어디론가 길을 떠나자.

가을이 오고 있었네

한증막이 어디에 있으랴
찜통이 어디에 있으랴.

그 지독한 여름은
때가 되어도
물러갈 줄도 모르고

가을이란 놈은
입추가 지나 간지도
오래 되었건만

이제나 오려나
저제나 오려나
목이 빠지게 기다려도
소식이 없네,

행여나 길을 잃고
해매이고 있을까 봐
서울 숲에 가 보았지.

숲 사이로 불어오는 서늘한 기운이
가슴을 적시네.

푸른 하늘
높이 솟아있는 빌딩 꼭대기에
걸려 있는 하얀 구름.

아.— 거기에
가을이 걸려 있었네.
가을이여!
가을이여 어서 오라.

• **註** 서울숲 : 서울 뚝섬 일대의 15만평의 면적에 조성된 시민공원

팔순의 나이에

팔순이라는 고개를 힘겹게 넘어온 것이
바로 엊그제 같은데
어느 새 중반에 들어섰구나.

세월 가는 것이
눈 깜짝할 사이더라.

하룻밤을 자고 나니,
어제 만난 친구가
세상을 떠나갔다고 하더라.

그리운 내 친구 들,
사랑하는 내 부모형제들과도
이별해야하는 날이 온다.

세월이라는 것은
쉬지 않고 흘러가는 것
한번 가버린 세월은 되돌아오지 않는다.

오늘이란 날도 한번 가버리면 되돌릴 수 없는 것
내일이란 날은 그 누구에게도 기약할 수 없는 것.
지금 이 순간만이 내가 즐길 수 있는 시간이다..

우리 지금 이 나이에
내 몸도 어느 한 순간에 망가질 수도 있다.
한번 망가지게 되면
다시 일어나기 힘들다.

오늘 내가 두 발로 걸어 다닐 수 있을 때,
오늘 내가 두 눈으로 세상을 볼 수 있을 때,

가보고 싶은 곳 있으면 가서 보고
먹고 싶은 것 있으면 가서 먹자.

지금 내가 두 발로 걸어 다니면서
두 눈으로 세상을 볼 수 있는 것.
그 걸 감사하면서 살아가야 하는 거지,
팔순의 이 나이에 욕심을 부려 봐야 뭘 하겠는가.

할 수 있을 때 지금 하라

꿈도 많고 할 일도 많았던
우리 젊은 시절,
인생이라는 게
구만리처럼 멀리만 보였는데,
지내고 보니
금방이더라, 꿈이더라.

먹고 싶은 것이 있어도
먹을 수 없을 때가 곧 온다.

가고 싶은 곳이 있어도
갈 수 없을 때가 온다.

값비싼 옷이라고 할지라도
못 입고 버려야 할 때가 온다.

만나고 싶은 친구가 있어도
만날 수 없을 때가 온다.

자신만만한 건강이라고 할지라도
걷지 못 할 때가 온다.

돈이라는 것도
통장에 묻어두기만 하면
있어도 쓸 수 없을 때가 온다.

아끼고 아껴서 모아두고 쌓아둔다고 한들
사용할 수 없다고 하면
그게 무슨 소용이 있으랴.

인생, 살아가는 것
영원하지 않다.

지나가고 나서 후회하지 말고
할 수 있을 때, 지금 하라.

내일來日이란

거친 세파에
부대끼면서 살아가는 사람들이여!.
세상 살아가는 것,
힘들어도 원망하지 마라.

인생, 살아가는 것
어디 쉽고 편안한 날 있으랴.

살아가다가 보면
힘든 날도 있고 편안한 날도 있다.
고된 하루를 살고나면
또 내일이라는 날도 오려니

내일이라는 날은
고달픈 오늘 하루를
살아가게 하는 힘이다.

나는 오늘도 하루를 살고 나서
해 저무는 서녘 하늘을 바라본다.

태양은 내일도
다시 떠오르기 때문이다.

인생의 목숨은 초로와 같고

조국의 앞날이 양양하도다.

이 몸이 죽어서 나라가 산다면

아 아 이슬같이 기꺼이 죽으리다.

이 몸이 죽어서 나라가 산다면

아 아 이슬같이 기꺼이 죽으리다

제5장
—
愛國, 내 조국 대한민국

신臣에게는 아직도 12척의 배가 있습니다.
- 이순신 (1545.4.28~1598.12.16)

아! 내 조국, 코리아여!

세계지도를 펼쳐보라.
지구촌에서도 동쪽으로
아시아 대륙의 맨 끄트머리에
조그맣게도 매달려 있는 반도의 나라
대한민국,

오천년이라는 유구한 세월,
주변 강대국들의 외침 속에서
끊임없이 시달려 온 나라.
그 시련 속에서 헐벗고 배고프게 살아 온
백성들의 한 맺힌 삶을 말해서 무엇 하랴.

지구촌 어디를 가 봐도
"코리아"라는 나라, 그 존재조차도
아니 그 이름마저도 모르던 나라,

지금은 어떤가?
선진 강국들과 어깨를 당당히 겨누는
세계 속의 10위권 안의 부강한 나라로 우뚝 섰다.

우리는 이 좁은 땅에서
세계인들을 불러 모아서
88올림픽을 개최했었고
월드컵 축구경기를 비롯하여
세계 육상경기 등 내놓아라하는 큰 잔치를 다 했다.

이제 오대양 육대주 어느 곳을 가 봐도
코리아를 모르는 사람은 없다.
세계 어느 곳을 가 봐도
누가 코리아를 모르는가?

아프리카의 오지의 토인 촌을 가 봐도
아니, 시베리아 북극지방의 에스키모 인을 만나도
"코리아"를 외치면서 반긴다.
세계 어디를 가든지
내 나라가 있어야 내가 있고
내 나라가 강해야만 내가 대우를 받는다.
대한민국의 국민이라는 것에 감사하자.

우리 대한민국 땅에서
"자유와 풍요"를 누리면서
살아가고 있는 자들이여!

이 나라는
그대, 앞 세대들이
피 흘려서 지켜 온 나라이고
산업화 시대,
산업의 역군들이
주야로 땀을 흘려서 부강한 나라로 만들었다.

이 나라는
우리의 후세대들도
"자유와 풍요"를 누리면서
영원히 살아가야 할 나라다.

여기서 자만하지 말고
힘을 모아 다시 뛰자.
보다 더 튼튼한 나라로 다져서
후세대에 물려주자.

국가안보 어떻게 해야 하나?

6월, 보훈의 달을 보내면서

누가 國家安保를
이러쿵저러쿵 말하는가.

국가안보라는 것은
말로만 외쳐댄다고
되는 게 아니다.

국가안보라는 것은
軍士로만 되는 것도 아니다.

국가안보라는 것은
科學武器로만 되는 것도 아니다.

국가안보를 튼튼히 하는 것
이 것이다.
저 것이다.
말하지 마라.

이,— 바보야
報勳이 바로 국가안보야.

"祝" 인공위성 "새누리호" 발사 성공

2025. 05. 25.
18:24

3초. 2초.. 1초.. "발사........."

오천만 온 국민의 간절한 염원을 담은
육중한 로케트가 위성을 싣고
우렁찬 굉음을 뿜어내면서
저 광활한 우주 창공을 향하여 지구를 떠난다.

1단계 지상거치로부터
마지막 7단계의 우주 공간에 진입하기 까지
성공여부는 803초간의 숨 가쁜 시간이다.
콩당콩당 내 가슴이 뛴다.
성공이다.

온천만 국민의 간절한 바램이
여기서 무너질 수가 있으랴.
하나님이 보우하사
대한민국 만세, 만만세!

그 누가 코리아를
지구 한쪽 귀퉁이에 붙어있는
조그마한 나라라고 우습게보랴.

세계 10위권 안의 부강한 나라,
세계 7위권의 우주강국이다.

자랑스럽도다.
나의 조국 대한민국이여!

서해의 최북단 백령도에서

물길로 사백 여리,
배를 타고 3시간 40 여 분의 길,
서해의 최북단에 외로운 섬,
백령도.

심청각 높은 정자亭子 위에 올라 와서
저 바다를 본다.

효녀 심청이
공양미 삼백 섬에 몸을 던졌다는
전설 속의 저 바다는
예나 지금이나 말이 없고

갈매기만 날고 바닷물은 넘실넘실 출렁이면마냥 평화롭기만 하
구나.
북쪽 땅이 지척咫尺이련만,
안개 속에 가물가물
보이는 듯 마는 듯.

南과 北을 가르는
저 바다 위에는
고기잡이배도
오고가는 통통선도 보이지 않고

우리 해군의 순시함정만
끊임없이 오고가면서
철통같이 바다를 지키고 있구나.

천안함 46용사 위령탑 앞에서 1

누가 누구를
이 나라의 영웅이라고 말하는가.

그 누가 이 나라 이 땅에서
영웅이라고 活步하고 있는가.

여기 이 나라에
진정한 영웅들이 잠들어 있다.

우리 모두
나라 위해 몸 바친 호국영령,
46용사 앞에
경건하게 머리를 숙이자.

님 들은 피어보지도 못한 꽃봉오리로 사라져 갔네
사랑하는 부모형제,
꿈에도 잊지 못할 처자식을 남겨 둔 채
홀로 떠나갔네.

슬퍼하지 말아요.
울지 말아요.
님 들은 죽지 않았어요.
호국의 꽃으로 찬란하게 피어났어요.

나라가 있고
나라가 님 들을 기억하고 있는 한
님 들은 영원히 죽지 않아요.

이 나라의 영웅은
목숨 바쳐 나라를 지킨
님들이 진정한 영웅입니다.

살아있는 자들이여!
이 땅에서 활보하고 있는 자들이여!
님 들을 영원히 잊지 말자.
님들이 남기고 간 호국정신護國精神을
길이길이 기억하자.

천안함 46용사 위령탑 앞에서 2

백령도에 와 보지 않고
國家安保를 말하지 마라.

여기 46용사 위령탑에 와 보지도 않고
追慕를 말하지 마라.

우리의 절박한 安保現場이 여기에 있다.
우리들 가슴을 뜨겁게 하는
천안함 46용사의 위령탑이
여기에 서 있다.

우리는 여행만을 즐기려고
여기 백령도에 오지 않았다.

비바람이 불고
거센 풍랑이 앞을 가로 막는 험한 바닷길을
배를 타고 왔노라.

최북단北斷 바닷가에서
북녘 땅을 바라보면서
國家安保를 굳게 다짐했노라.

46용사 위령탑 앞에서
숙연히 머리 숙여
爲國獻身을 다짐했노라.

46용사, 님 들은
여기 우리의 바다를 지키다가
적탄敵彈에 맞아 꽃다운 나이로 갔지만,

이 나라가 존재하는 한
그대들은 죽지 않았어요.
대한민국과 함께 영원히 살아갈 것입니다.

호국 영령님을 기리자(현충일에 부쳐)   2024. 06. 06.

오천만 우리 내외 동포들이여!
저기 저 울려 퍼지는 사이렌소리가 들리지 않는가?

우리 모두 잠시 일손을 멈추고.
오늘 이 순간만이라도 엄숙히 머리를 숙이자.
빼앗긴 나라를 되찾기 위해서 싸우다가
나라에 목숨을 바친 殉國先烈님들,
나라를 지키기 위해서 목숨을 바친 護國英靈님들을 기억하자.

오늘, 현충일은 우리 하루 쉬는 날이 아니다.
하루의 餘暇를 즐기고 자 하는 날도 아니다.

우리 모두 흐트러진 마음을 가다듬고
나라를 위해 목숨을 바친 순국선열과 호국영령을
가슴 깊이 追慕하자.

우리 집집마다 태극기를 올리고
가슴, 가슴마다 검은 리본을 달고.
모두 모두 敬虔한 하루를 살자.

나의 울타리가 되어 주고
나를 품어주고 지켜주는 나의 어머니,
내 祖國, 우리의 大韓民國!

내가 여기 대한민국에 태어나서
나의 사랑하는 가족들과 내 정든 이웃들과 벗하여
오늘의 豊饒 속에서 自由와 民主를 享有하면서,
나 여기서 살고 있네.
나의 이러한 幸福은 그 어디서 오는가?

사랑하는 부모형제와 妻子息도 버리고
一身의 안전과 富貴.榮達도 버리고
오직 나라를 위해서 草芥와 같이 목숨 바쳐 나라를 지켜 온
순국선열과 호국영령님 들의 희생이 있었기 때문이 아니겠는가.

우리 잊지 말아야 해요. 그 고귀한 護國精神을,
우리 길이길이 기억해야 해요. 나라를 위한 殉國精神을,

일제 강점기, 빼앗긴 나라를 되찾고 자
日帝의 갖은 탄압에도 굴하지 않고 투쟁하다가
숨져간 우리의 獨立鬪士들,

나라 잃은 서러움을 안고 조국을 떠나
만주 벌판으로, 시베리아등지로 떠돌며
해외 각지에서 일제와 맞서 싸우다가 숨져간 순국선열님,

아!— 기억하는 가.
6.25의 피비린내 나는 전쟁,
공산침략자들로부터 자유와 민주, 대한민국을 지키기 위해서
맞서 피 흘려 싸우다가 散華되어 간 호국영령님,

우리의 血盟, 미국을 도와서
저 멀리 바다 건너 異國땅 베트남전선에 달려가
자유민주주의 守護를 위해서 목숨을 바친 자유의 戰士들.

오,— 순국선열이시여! 호국영령이시여!
님 들이 흘린 피와 땀이 헛되지 않았습니다.
님 들의 죽음이 헛되지 않았습니다.

우리는 오천년의 悠久한 역사 속에서
주변 강대국의 끊임없는 외침과 시련을 겪으면서
恨도 많고 서러움도 눈물도 많고
헐벗고 배고프고 힘겹게 살아온 우리.

일찍이 "東邦의 등불"이 되리라고 예언되었던
우리 조국, 대한민국 "KOREA"

우리는 지금 바야흐로 中興의 시대를 맞이해
세계 속의 富强韓國을 이루었습니다..
세계가 한강의 奇蹟이라고 놀라고 있어요.

님들의 爲國獻身이 있었기에 기적을 이루었습니다.
오늘날의 대한민국이 있습니다.

님들이 이 나라를 목숨 바쳐 지켜왔는데,
자유와 민주, 대한민국을 이렇게 지켜왔는데,
지금의 우리가 이 나라의 恩惠 속에서 살고 있는데.
누가 대한민국에서 崇仰을 받아야 하는가?

나라가 風前燈火 속에서 어려움을 당하고 있을 때
님 들은 그리운 부모형제의 곁을 떠나서
사랑하는 처자식을 버리고
한 몸을 던져서 나라를 지켰습니다.

이제 나라가 해야 할 일이 무엇일까요?
님들의 부모형제를 지켜줘야 합니다.
님들의 妻子息을 돌봐줘야 합니다.

이게 바로 나라가 *存在*하는 이유입니다.
이게 남아있는 우리가 나라에 충성해야 할 *德目*입니다.

님 들은 나라에 몸을 바쳐 사라져 갔지만,
아들 딸 손자손녀들이 이 땅에 살아가고 있기에
님 들은 죽지 않았습니다.
나라에 대한 *愛國, 犧牲精神*은 살아있습니다.

오늘, 우리 현충일을 맞이해
우리 모두 경건한 마음으로 돌아가자.
순국선열들의 *爲國獻身*,
*愛國忠情*을 *想起*하자,

하늘보다 높고
바다 보다 넓은
순국선열과 호국영령님들의 고귀한 정신을
우리 모두 길이길이 받들어 기억하고
*繼承*하고 계승해 나가자.

님들의 고귀한 *愛國, 犧牲精神*이
너와 나, 우리 모두의 가슴 가슴에
뜨겁게 흐르고 있는데,
누가 이 나라, 이 땅을 넘겨다보랴.

우리의 조국, 자유민주주의 "大韓民國"이여!
영원하리라.
세세토록 영원무궁하리라.

새해는 우리 함께 손잡고 나가자 2025년. 새해. 元旦.

한반도韓半島 오천년이라는 유구悠久한 역사,
온갖 시련 속에서도 굴하지 않고
끈질기게도 맥脈을 이어 온
우리의 祖國,
大韓民國

암울하기만 했었던 지난해는
역사 속으로 영원히 사라져가고
이제 대망의 새해가 밝아 온다.

떠오르는 저 태양을 보라,
힘차게도 솟아오르지 않는가.
금빛 찬란한 저 빛이
우리의 소망을 싣고 꿈을 싣고
가슴에도 벅찬 희망을 싣고
온 누리에 비춰 온다.

北으로는 휴전선 멀리 백두산으로부터
南으로는 바다 멀리 한라산에 이르기 까지
우리의 강토疆土, 한반도 곳곳에
고루고루 빛이 내린다.

참으로 다사다난했던 지난 해,
한 발자국도 앞으로 나가지도 못하고
너와 나 분란 속에서
온 세상이 온통 정체되어 있었건만
저 찬란한 빛은 오고 있다.

그 어둠 속에서 박차고 일어나
밝고 빛나는 새 빛을 맞이하자.

앞을 가로 막는 장벽이 있다고 한들
우리 함께 손잡고 가면
넘지 못할 일이 뭐가 있으랴.

우리 여기서 너와 나,
그리고 네 편과 내 편이 어디 있으랴.

우리의 이웃과 이웃들,
친구와 친구들
남녀노소男女老少들 간에
막혔던 문은 열어 제치고

서로서로 손에 손을 잡고
우리 함께 살아가는 공동체共同體를 위하여
대망의 꿈을 실현하기 위하여
다 함께 앞으로 나가자.

거기 우리의 소망이 있고
우리의 행복이 있다.

부강富强한국을 물려주자

잘되면 내 탓이요
잘못되면 조상祖上 탓 이런가.

세계의 그 많은 나라 중에서도
가난한 나라로서 몇째 안 가는
가장 가난했었던 나라
대한민국.

오천년이라는 기나긴 세월을
헐벗고 배고프게만 살아왔었던
한恨도 많고 눈물도 많은
우리 민족이 아니었던가.

그토록 오랜 세월
대대로 가난을 대물림 받으면서
배불리 먹지도 못하고
배고프게만 살아왔었던
우리가 아니었던가.

그 때는 그럴 수도 있었겠지
그게 다 조상 탓이라고.
지금은 어디 그런가?

자가용 승용차를 굴리고
입식 주방과 수세식 화장실에
찬물 더운 물을 마음대로 쓰면서
하루 세끼 밥 먹는 것 걱정 없이
호텔과 같은 주거문화 속에서 살고 있지 않은가.

지금의 풍요豐饒를 맘껏 누리고 사는
대한민국의 사람들이여.
지금 그대들 뭐가 부족해서 불만인가,

국가 경제개발시대에
허기진 배를 움켜쥐고
밤낮을 가리지 않고 피땀 흘려 일하여
오늘의 풍요를 일구어 놓은
그대들의 앞 세대世代,
조상님들을 기억하라.

그 누가 지금도 조상 탓만을 하고 있는가.
조상님께 감사하자.

지구촌, 세계 속에서
당당한 나라
아,─자랑스러운 우리 대한민국.

오늘의 국가운영을 맡고 있는
젊은 主役들이여!

다시는 지난날의 배고픈 역사로 되돌리지 말고
오늘의 풍요로운 대한민국을
더욱 다지고 다져서
우리의 後 世代들에게도
부강富强, 대한민국大韓民國을 물려주자.

서해최북단백령도
소정 전원장 글씨